PETIT SUPPLÉMENT

A QUELQUES

FABLES DE PLUS,

POUR SERVIR

A L'HISTOIRE DE LA RESTAURATION,

EXTRAITES

DU PORTE-FEUILLE DE L'ACADÉMIE DES IGNORANS,

Par M. le Chevalier de Fonvielle,

Secrétaire perpetuel de cette Académie,

PRIX : 1 FR. 50 C.

PARIS,

CHEZ { L'AUTEUR, rue Richer, n. 5.
DELAFOREST, LIBRAIRE, rue des Filles-Saint-Thomas, n. 7.

JUILLET 1828.

PETIT SUPPLÉMENT

A QUELQUES

FABLES DE PLUS,

POUR SERVIR

A L'HISTOIRE DE LA RESTAURATION,

EXTRAITES

DU PORTE-FEUILLE DE L'ACADÉMIE DES IGNORANS,

Par M. le Chevalier de Fonvielle,

Secrétaire perpetuel de cette Académie,

PRIX : 1 FR. 50 C.

PARIS,

CHEZ { L'AUTEUR, rue Richer, n. 5.
DELAFOREST, LIBRAIRE, rue des Filles-Saint-Thomas, n. 7.

JUILLET 1828.

AVIS DE L'ÉDITEUR.

Ordinairement, les personnes qui reçoivent un livre qu'elles n'ont pas demandé, croiraient perdre leur temps à le lire.

Il doit y avoir exception pour cette brochure, *que* LES JOURNAUX, *et pour bonne cause, s'accorderont* A DÉROBER A LA CONNAISSANCE DU PUBLIC.

IMPRIMERIE DE A. CONIAM,
FAUBOURG MONTMARTRE, N° 4.

PETIT AVANT-PROPOS.

Lorsque, à Monpellier, le 3 décembre 1789, le tonnerre fondit sur ma tête, la coquille de mon parapluie, le sang-froid avec lequel, à l'aide de cet isoloir, je sus résister à la pression épouvantable de la masse électrique qui tua un chien à mes pieds et qui opéra dans l'église de Notre-Dame les phénomènes singuliers qu'on lit pag. 202 du tom. II de mes *mém. hist.*, me fit seul sortir sain et sauf de l'un des dangers les plus grands que j'aie eu à braver pendant le cours de ma vie orageuse.

Dès que je pus me reconnaître, mon premier sentiment fut celui de la reconnaissance envers la providence.

Mais ce sentiment si doux, si naturel, si légitime, bientôt corrompu par l'orgueil, se convertit en un mouvement d'amour-propre qui, fondé sur le souvenir du rêve que j'avais fait à Perpignan, deux ans auparavant (même vol., page 129), me persuada que cette providence, qui m'avait si miraculeusement conservé la vie, me réservait à être un de ses instrumens lorsque serait venu, pour elle, le moment de rappeler à la raison cette France qu'une révolution, dont on pouvait déjà prédire les fureurs, menaçait de frapper du plus déplorable vertige.

Je ne sais si c'est à cette idée que je dois d'avoir, dès l'origine de nos malheurs, choisi la ligne politique que j'ai suivie sans déviation depuis 40 ans; mais ce que je sais bien, et ce qui m'étonne moi-même, c'est que je la retrouve encore toute vive dans mon cerveau septuagénaire, et que je ne puis pas me défendre de croire que c'est à elle seule que je suis redevable de me retrouver aujourd'hui encore ce que j'étais en 1789, c'est-à-dire, n'ayant rien perdu des forces physiques et intellectuelles dont je jouissais à 30 ans.

Il y a loin cependant, je suis forcé d'en convenir, de la position où m'a mis la restauration *(a)* à celle que semblerait exiger la supposition d'une prédestination, d'après laquelle je serais appelé à contribuer à rendre leur heureuse influence aux doctrines conservatrices de l'ordre social.

Je ne m'occupe pas de rechercher à qui la faute, si je ne fus pas assez favorablement situé pour que mon zèle, qu'on a trop peu encouragé, ait pu se développer de manière à justifier ce que Louis XVIII daigna me dire à Véronne en 1794, en présence de toute sa cour (voir mes *mém. hist.*, tom. III, page 94); je me borne à faire remarquer que je n'ai, à aucune époque critique, manqué à ma mission de défenseur de l'autel et du trône, et que, dans ces derniers temps, je n'ai rien négligé, autant que l'a permis la sphère bornée où je suis renfermé, pour payer mon tribut de Français fidèle et d'ami sincère et éclairé de notre belle France, chez qui tant de cerveaux creux s'évertuent à entretenir une fièvre démagogique continue parmi moins de cent mille de ses habitans, seuls investis du droit de lui fabriquer un

ORDRE LÉGAL (*b*) qui, pour peu que cela dure encore, ne lui laissera plus rien de ce qui, jadis, la rendait à la fois et si digne et si fière d'être, au milieu du monde civilisé, l'objet d'envie et le modèle de toutes les autres nations.

Les quinze volumes qu'a publiés mon académie des ignorans (*c*) n'ont laissé aucune question politique à traiter, de telle sorte qu'il n'est pas une page de ce recueil qui, dans leur lutte encore existante contre le torrent du jacobinisme qui nous entraîne on ne sait où, ne put offrir aux journaux royalistes un article tout fait applicable à l'intérêt du jour.

L'objet qui y occupe le plus de place, c'est la discussion des principes relatifs à la liberté de la presse. On voit l'académie y revenir sans cesse, convaincue que toutes les folies qui, depuis environ un siècle, ont envahi le monde moral, mères de toutes les fureurs qui pendant 40 ans ont torturé et menacent encore le monde politique, sont sorties uniquement de cette source empoisonnée.

Moi aussi, assuré comme elle que tout espoir de repos nous est à jamais interdit, tant que des imposteurs, impatiens de nous faire subir de nouvelles mues, pourront impunément ériger en principes de gouvernement leurs doctrines antisociales et chercher, dans le plus effrayant des désordres, ce que, depuis très-peu de temps, ils ont trouvé plaisant d'intituler L'ORDRE LÉGAL; moi aussi, c'est principalement contre cet objet capital des envahissemens de l'esprit révolutionnaire que je dirige mes attaques, toutes les fois qu'un danger évident me force à ressaisir mes armes pour prêter à la restauration menacée le secours de mon bras (*d*).

Peut-être est-ce par là que s'explique mon rêve de 1787, et que se vérifiera enfin mon pressentiment du 3 décembre 1789.

Peut-être m'est-il, en effet, permis de me flatter qu'après avoir eu la témérité, pour conserver le feu sacré, de livrer à moi tout seul (*e*) une guerre sans fin au *journalisme* qui, depuis 32 ans, n'a pas reçu de moi un seul instant de trêve ; ce sera à ma généreuse persévérance que la France devra le retour de son gouvernement aux principes que seul je défends, dont seul je conserve la tradition, comme étant les seuls qui puissent constituer une législation raisonnable, relativement à la presse et plus particulièrement aux journaux.

Ces principes se retrouvent dans tous mes écrits ; et personne, je le dis avec assurance, personne ne peut en désavouer l'excellence. Mes propres adversaires, tout en s'efforçant de les nier, de les repousser, sentent, intérieurement, qu'ils mentent à leur propre conscience. Ce qui le prouve sans réplique, c'est leur conduite quand ils ont le pouvoir. Voyez l'arrêté des Consuls du 17 janvier 1800, ou 27 nivose an 8.

Parmi ces principes, il en est un surtout qu'on doit considérer comme le générateur de tous les autres : je l'ai laissé entrevoir dans ma précédente brochure, et aujourd'hui j'aimerais à le proclamer ici sans réticence aucune ; mais je craindrais de le compromettre en enlevant à l'autorité le mérite de s'y rallier, de son pur mouvement, quand il en sera temps.

Si elle ne le fait pas, elle sera sans excuse à mes yeux : plusieurs de nos ministres savent pourquoi j'en parle ainsi. Un mot de plus en dirait trop ; car, encore une fois, je ne veux leur ravir ni le mérite d'avoir trouvé d'eux-mêmes, ni l'honneur de nous appliquer le seul remède possible au mal qui nous dévore.

L'une des deux fables que je produis ici est le fruit de mes continuelles méditations sur cette matière sérieuse (*f*). J'ai cru utile de la produire au jour, et je me hâte de le faire, espérant arriver assez à temps pour que la discussion qui s'est ouverte hier à la Chambre des Pairs ne soit pas encore fermée lorsque je pourrai faire distribuer cette nouvelle brochure à ceux qui ont reçu la précédente.

Celle là n'a pas été heureuse.

Trois membres de la Famille royale ont daigné, il est vrai, contribuer, en Princes français, à mes frais d'impression; mais, si un de nos quatre-vingt-trois préfets s'est montré non moins généreux, relativement; si l'un de nos ministres a pris la peine de me faire apporter à mon domicile un gage de sa bienveillance, les autres ont laissé sans réponse la lettre (*g*) qui a accompagné mon envoi.

Quant à MM. les Députés, trois seulement ont pris la peine de me faire apporter leurs 2 fr. 50 c., encouragement ou plutôt dédommagement que je n'ai reçu d'aucun de MM. les Pairs de France ; ce que je ne puis imputer qu'à cette paresse humaine qui empêche tant de bien et souffre tant de mal dans le monde, y ayant dans chacune de nos deux Chambres un grand nombre de membres qui m'honorent de leur estime, et plusieurs même de leur amitié.

Je me vois donc abandonné à moi-même, et obligé de supporter seul les frais d'une guerre entreprise dans l'intérêt de tous.

Je m'y résigne sans me plaindre. Ma vieille expérience m'a appris, depuis long-temps, que toutes les fois qu'on met la paresse humaine contre soi, on doit d'avance être certain de voir avorter toutes ses espérances.

Assurément, il n'est pas un seul de ceux auxquels j'ai eu l'honneur d'adresser ma dernière brochure, qui ne se fût empressé, de lui-même, de m'en offrir le prix, si j'eusse pu la lui présenter en personne.

Il n'en est même aucun qui, en recevant celle-ci, ne sera pas tenté incontinent de m'envoyer son contingent à mes frais d'impression.

Mais il faudra mettre en action un domestique ou un commissionnaire!

On ne calculera pas que ce qui n'est qu'un peu incommode, pour un seul, me serait impossible, à moi, ayant à envoyer chez tous.

On ne considérera pas, que je n'ai cependant pas d'autre moyen d'obtenir des lecteurs, et surtout des lecteurs en position de seconder mon vœu patriotique, étant bien évident que les journaux se donneront de garde (*h*) de dénoncer l'existence d'un livre qui tend à détruire la leur.

Comme tout ce que j'ai fait pour la restauration et contre la révolution, pendant 40 ans consécutifs, mon apostolat volontaire ne recevra donc d'autre récompense que celle que personne ne saurait me ravir et qui, jusqu'à ce jour, a suffi pour substanter mon dévouement : ma propre approbation, la satisfaction de moi-même (*i*).

Je renouvelle aux hommes honorables, qui recevront ce PETIT SUPPLÉMENT, ma prière de lire les notes *c* et *d*, page 71 de ma précédente brochure.

Ceux qui voudront s'associer de plus près à la chaleur du zèle qui m'anime, y trouveront un moyen des plus simples pour contribuer à me dédommager d'une partie des pertes que ce zèle m'a occasionées jusqu'ici.

Je crois, de la meilleure foi du monde, quoique, sur la liste de ma dernière distribution, 27 lignes seulement soient émargées de la somme que j'ai reçue, je crois que c'est une justice que me doivent les royalistes de la bonne école.

Si j'en doutais le moins du monde, je ne leur en parlerais pas.

LE CH. DE FONVIELLE.

Paris, 6 juillet 1828.

P. S. Au moment de livrer cet avant-propos à l'impression, j'ai à mettre S. E. Mr. l'intendant-général de la maison du Roi sur la même ligne que trois de nos augustes princes et un de nos préfets de département, qui ont fait plus que me payer leur exemplaire.

FIN DE L'AVANT-PROPOS.

ERRATUM NÉCESSAIRE DE LA PRÉCÉDENTE BROCHURE,

JUIN 1828.

Page 17, après le 6e vers, ajoutez le suivant, qui a été omis :

Heureux ou malheureux, ils partagent son sort.

PETIT SUPPLÉMENT

A QUELQUES

FABLES DE PLUS.

FABLE I.

L'ORTIE ET LA SENSITIVE.

« Vienne s'y frotter qui voudra!
» D'une importune main je ne crains pas l'approche.
» A quiconque me touchera,
» Je prépare plus d'une cloche.
» Quel qu'il puisse être, il s'en repentira. »
Ainsi, du haut de sa tige sauvage,
Une plante parlait, tandis qu'à son côté,
Croissait paisiblement une autre bien plus sage,
Ne disant mot; mais sans cesse aux aguets
Des attouchemens indiscrets
Et toujours sur la défensive.
Chacun déjà, sans doute, à ces seuls traits
A reconnu la Sensitive.
Un botaniste arrive sur les lieux,
Suivi de quelques curieux.
Par une double expérience,
De ces deux plantes, sous leurs yeux,
Il constate la différence.
De l'une il approche la main;
Elle recule, se resserre,
L'évite et lui ferme son sein.
Sans obstacle, tout au contraire,

L'autre, d'un doigt inquisiteur,
Souffre l'atteinte téméraire;
Mais bientôt s'en montre plus fière,
Oyant d'un suivant du docteur
Les juremens et les cris de douleur.

Ma morale est dans la grimace
Que fait notre écolier écumant de courroux;
Chaque être, je le sais, a ses mœurs et ses goûts
Qu'il tient de la nature et qu'il faut qu'on lui passe.
Mais que m'eût fait à moi, je le dis entre nous,
Cher lecteur, d'ignorer ce que c'est que l'ortie?
L'allure de l'effronterie
Est le cachet certain des vicieux penchans
Dont c'est raison que chacun se défie.
L'arrogance ou la modestie (*j*)
Distinguèrent toujours les bons et les méchans.

2 *Juillet* 1824.

FABLE II.

LA GRAINE DE PIN.

Par les vents transportée au séjour du tonnerre,
Une graine de pin retomba sur la terre.
Elle y germa bientôt au milieu des genêts,
Des chiendents, des lichens, des ronces, des fougères
Epars dans de vastes guérets,
Rebelles à la bèche et jonchés de bruyères.
Une tige, où se peint le mépris des hivers,
Déjà domine la pelouse;
Futur géant des arbres toujours verts,
Elle semble promettre à ces tristes déserts
Un superbe ornement.... Mais de l'herbe jalouse

Vingt arbrisseaux ligués secondent les efforts;
Soudain le sol ingrat de ces stériles bords,
A leur hôte nouveau disputant sa substance,
Semble à regret souffrir son existence.
Contre tant d'ennemis conjurés contre lui,
Trop faible encor si près de sa naissance,
Le pin enfant, n'espérant nul appui,
Déplorait, non l'effet de tant de malveillance,
Non le pressentiment de son court avenir,
Mais son inutile souffrance.
En effet, qu'est-ce que mourir?
Berceau, tombeau, qu'est-ce qui vous sépare?
Le temps?... Mais qu'est-ce donc que ce vieillard avare
Lorsque, sans s'arrêter, son bras, pour nous saisir,
S'avance et vient vous réunir?
Jusques-là, dans la vie, hélas! tout est chimère,
Illusion frivole et passagère!
Tout n'est rien, excepté souffrir!
Mon jeune pin n'aspirait qu'à finir
Une lutte trop inégale;
Quand, par bonheur pour lui, de sa force vitale
Le maître du terroir rânima de sa main
Le principe trop incertain.
Sans en laisser aucun vestige,
Assuré que le pin saurait bien triompher
De ses autres rivaux unis pour l'étouffer,
Le hoyau détruisit tout autour de sa tige
Quelques joncs, quelques houx de mousse environnés;
Libre de ces voisins à lui nuire acharnés,
De l'arbre, ainsi hors de litige,
La croissance tint du prodige.

On l'a dit avant moi : parmi les végétaux,

Graine qui peut grandir trouve mille rivaux
Qui, possédés du démon de l'envie,
Cherchent à lui fermer le chemin de la vie.
Il n'est arbrisseau si chétif,
Racine si rustique ou plante si sauvage
Dont, à l'envi, le zèle collectif
Ne cherche à former un massif
Qui devienne pour elle un mortel voisinage.
Nos mœurs du jour diffèrent peu, je crois,
De celles que, partout, tiennent de la nature
Les hôtes des champs ou des bois,
J'en pourrais bien dire, par aventure,
Comme un autre Robert (*k*), quelque chose approchant,
Expliquant ma remarque et d'appui lui servant :
Mais, d'une personnelle injure (*l*)
Etayer ma morale est indigne de moi,
Et je préfère en ennoblir l'emploi,
En appliquant, à la littérature
De notre siècle lumineux,
L'histoire de mon pin vainqueur d'une cabale
Dont, chez nous, un ramas d'écrivains factieux
Chaque matin reproduit le scandale.
Quoi! c'est à des phrasiers d'hier sortis des bancs
Que d'Apollon nous livrons la férule!
Eux! juges des beaux arts! du savoir! des talens!
Aux yeux de tout homme de sens,
Fût-il jamais rien de si ridicule!
Quand, secoué par la brise du soir,
Le tremble, de sa feuille, à nos yeux se dépouille,
Sans balancer, Catau prépare sa quenouille
Pour la longue veillée au feu de son manoir.
Ce signal de l'hiver, Paris, on te le donne.
Sera-ce en vain? n'est-il ni discours, ni raisons

Dont ta badauderie ou s'émeuve ou s'étonne?
Ce déluge de feuilletons
Qui, comme les feuilles d'automne,
Pleuvent sur toi chaque matin,
De ta littérature annonce le déclin.
Extirpe, sans pitié, ces plantes parasites.
Voilà qui presse plus que chasser les jésuites.
Eh! qui pourrait ne pas concevoir en effet,
Qu'au train dont va chez nous la journalomanie,
Le vrai champ du savoir, la bonne librairie,
Bientôt infécond et muet,
Va se changer en une lande aride?
De grâce, à cette foule avide
Des pauvres lazzis d'arlequin
De nos petits journaux frondant chaque matin
La vieille cour, la vieille école,
Demandez-moi, quel est son produit net
Dans cette lecture frivole :
Du temps perdu, sans plus, voilà tout son acquet.
A côté de cela, le commerce des livres
Se pourrait-il soutenir? hélas! non :
On sent que, prodigués ainsi hors de raison,
Les journaux lui coupent les vivres.
Montaigne des demi-savans
Craignait, non sans motifs, l'engeance turbulente :
Ce que ce journalisme enfante
Est pis encore; et les honnêtes gens
A tous ces faux docteurs payés à tant l'injure
Doivent refuser leur pâture.

4 *Juillet* 1828.

FIN.

Notes.

(*a*) *page* 4.— La restauration doit s'attendre sans doute à recevoir tôt ou tard de moi le prix de ses ingratitudes.

On sait, à l'intendance générale de la maison, tout aussi bien qu'à la chambre du Roi, que je ne manquerais pas de matériaux pour la faire rougir de sa folle conduite, si tel était mon bon plaisir.

Mais pourrais-je y songer, la voyant à la veille d'en recevoir un châtiment sévère? c'est déjà trop pour moi de prévoir qu'un jour peut venir où d'autres, à qui je ne pourrai plus commander le silence, seront moins indulgens envers elle que je n'ai voulu l'être, mais en amant délicat qui ne peut se résoudre à punir la maîtresse qui l'a trahi!

Aller à son secours est le seul besoin que j'éprouve à la vue des périls où l'a précipitée la folle idée qu'elle aurait quelque chose à gagner à se jeter dans les bras de ses ennemis.

C'est ce que je fis de tout temps, comme le prouveront un jour (car un jour on s'en occupera) les dates de chacune de mes compositions; et c'est ce que je fais encore, autant qu'il est en moi, en défendant, SEUL CONTRE TOUS, les seuls vrais principes de la législation qui doit régir la presse, *et qui la régira nécessairement lorsque nous serons redevenus capables de supporter de bonnes lois.*

Cette question, celle de la presse périodique surtout, cette question, de laquelle dépendent la mort ou la vie sociale, personne, absolument personne dans toute la rigueur du terme, ne la comprend plus, excepté ceux, beaucoup plus nombreux qu'on ne croit, qui en pensent ce que j'en pense.

Il est vrai que ceux dont je parle n'en disent mot, se contentant de me donner raison dans leur for intérieur : mais telle est, d'après leurs mœurs invariables, la marche ordinaire des choses; sans quoi il faudrait faire aux Français l'injure de dire que tous, sans exception, furent les complices de la révolution, même de l'assassinat du 21 janvier, l'*acte le plus sublime* de l'ORDRE LÉGAL (*) *de l'époque;*

(*) Je n'ai pas eu plutôt écrit ce que j'ai souligné dans cette phrase, que me rappelant ce trait de ma fable, *le Chat échaudé :*

tandis, qu'au contraire, elle ne fut, pour le plus grand nombre d'entre eux, qu'un objet d'horreur et d'effroi.

Ceux dont je me vante hardiment de ne faire qu'énoncer la pensée, appartiennent à cette classe qu'on n'entend pas, qu'on ne voit pas, parce qu'elle n'aime pas à se donner en montre ; mais qui, douée d'un tact exquis qui ne peut la tromper, discerne parfaitement le bien ou le mal, l'utile ou le nuisible, le juste ou l'injuste et le vrai ou le faux : classe immense dont nos libéraux interprètent le silence en faveur de leurs théories malfaisantes, mais qui, tout au contraire, vouant haine et mépris à leurs extravagans systèmes, gémit tout bas de l'essor qu'ils ont pris dans ces derniers temps, et s'en distrait tous les dimanches dans nos promenades ou dans nos guinguettes, ou se presse dans nos églises, pour obtenir, par ses prières, que le Dieu de saint Louis écarte les fléaux dont l'arrogance révolutionnaire, qui, avec ses allures connues, a repris toutes ses exigeances, menace la terre des lys.

C'est cette classe dont se compose ce public qui circule dans nos places publiques, et devant lequel j'accepterais avec délices, comme je l'ai déjà dit dans ma brochure précédente, de soutenir ma thèse sur la liberté de la presse, contre MM. A., B., C., D., et autres idéologues, *ejusdem farinæ*, la corde au cou, pour être pendu sans remise, si elle ne me donnait pas raison.

(*b*) Page 5. Toujours des mots nouveaux, et, qui pis est, des mots vides de sens pour égarer et torturer les peuples ! J'ai été tenté de faire, dans cette brochure, justice de cet *ordre légal* dont on nous

---

. . . . Je suis de la race des chats ;
L'eau, même froide, m'épouvante,

je l'ai effacée sur-le-champ, de peur que certains esprits louches y vissent une apologie du crime du 21 janvier, comme ils l'ont vue dans quelques lignes de deux de mes ouvrages écrits pour corroder la révolution, et pour préparer la restauration pendant l'exil de nos Bourbons.

Mais, réfléchissant que j'ai qualifié, non pas les inventeurs de cette bourde atroce lesquels méritent un autre nom, mais les badauds qui l'ont avalée, *des sots qui ne savent pas lire* ; j'ai senti que j'aurais tort de me gêner pour ménager des niais de cette force-là, et j'ai rétabli le passage.

étourdit à tout propos depuis quelque temps; mais jaurais été entraîné trop loin, et je mets cela en réserve pour une autre occasion.

Savez-vous pourquoi le jacobinisme, qui n'est autre chose que le renversement de tout ce qui est vrai, juste, raisonnable et utile, a besoin de refaire si souvent son jargon? C'est parce qu'étant toujours hors de la vérité, il use rapidement les formulaires dont il a besoin de se servir pour agir sur l'esprit des simples, dont le caractère essentiel est d'avoir, d'abord, de la révérence pour ce qu'ils ne comprennent pas; et, ensuite, de s'y cramponner par habitude comme à un article de foi. L'*ordre légal* existe partout, et partout est relatif aux lieux, aux temps, aux personnes, aux choses. En France, nous avons eu de tous les temps, comme ailleurs, un *ordre légal*, même sous la terrible Convention. Il y en a un en Chine qui me semble valoir le nôtre, au moins en ceci : on lit dans les Lettres édifiantes (recueil XIX), « qu'on « n'imprime rien dans les gazettes de Pékin, qui n'ait été présenté « à l'empereur, ou qui ne vienne de l'empereur lui-même. Deux « écrivains furent condamnés à mort, en 1726, pour y avoir inséré « sciemment et malicieusement quelques circonstances qui étaient « fausses. »

Voilà un *bel ordre légal*, ce me semble, que celui qui attache un si haut prix à ce que les peuples ne soient pas exposés à recevoir des impressions qui pourraient fausser sa raison, et qu'il serait ensuite presque impossible de détruire!

Il me semble voir les rédacteurs du Journal des Débats se regarder l'un l'autre d'un air stupéfait, après avoir lu cette note, en se rappelant le cours de mensonge et d'effronterie qu'ils ont fait faire à leurs bénévoles et crédules lecteurs, à l'occasion du Portugal. Il serait bien à désirer qu'on envoyât eux et tous leurs pareils passer un semestre à la Chine! nous y gagnerions doublement. Pendant leur absence, la vérité jouirait d'une trêve dont elle a grand besoin; et ils nous reviendraient ayant un peu plus de respect pour elle et un peu moins de mépris pour leurs lecteurs.

(c) Page 5. Des hommes qui affichent des prétentions à l'esprit, et auxquels je n'ai garde d'en contester le droit, ont eu la bonhommie de prendre au sérieux le titre de mon *Académie des Ignorans*, et, aujourd'hui encore, cherchent à me dissuader de me donner l'air de tenir à honneur d'en être le secrétaire perpétuel.

Je conçois si peu leur délicatesse à cet égard, que ce titre, je le conserverai avec orgueil jusqu'à mon dernier jour, et qu'il sera, si mon vœu peut être accompli, le seul que l'on gravera sur ma tombe.

J'ai donné, l'an passé, une liste des académies italiennes auxquelles, sans en excepter celle des *Ganaches*, tout ce que la péninsule Transalpine renferme d'hommes de mérite s'empresse de s'affilier.

Mes recherches, depuis cette époque, m'en ont fait découvrir un grand nombre d'autres que j'ajouterai à la liste dont je viens de parler, lorsque je pourrai croire qu'il ne me restera plus rien à espérer de mes explorations, qui ne sont pas extrêmement faciles.

En attendant, je réitère ici l'expression du regret, je dirai même du dépit que j'ai, de voir que l'Italie ait eu l'esprit de sentir, dès le XVe et le XVIe siècle, ce que les dénominations épigrammatiques de ses académies avaient de piquant, et qu'en France, *au siècle des lumières*, huit ou dix penseurs aient seuls compris que peu, très-peu de nos hommes de lettres, qui font tant de fracas, se prônant, se poussant l'un l'autre, seraient en état de supporter le titre de membres d'une *Académie des Ignorans*; que, par conséquent, tous les vrais savans, tous les écrivains d'un mérite réel devaient s'empresser de se réunir sous une bannière, qui n'est autre chose que celle de Socrate, de saint Augustin, de Montaigne; et que, par conséquent encore, cette académie est appelée à occuper tôt ou tard, dans l'opinion publique, un des rangs les plus distingués.

(*d*) Page 6. Si je puis m'en ménager le temps, je me délasserai des fatigues de ma vie militante, en écrivant l'histoire de ma vie littéraire; on verra qu'elle se rattache par ses moindres circonstances à l'histoire de la révolution.

Jamais je n'ai écrit que sous l'inspiration de ma haine contre les artisans de nos misères.

Quand je me tus, la France jouissant d'une ombre de repos pouvait se croire heureuse, quoique quelque chose manquât à ses désirs secrets.

Lorsque je pris la plume, ce fut toujours, ou pour conjurer quelque orage, ou pour consolider quelques avantages advenus aux honnêtes gens. Ce n'est pas ce dernier motif qui, depuis quelques mois, m'a déterminé à rompre le silence.

(*e*) Page 6. Une seule exception existe, et je me fais un devoir de la signaler à la reconnaissance de tous les esprits droits, amis du vrai, de l'honnête et du bon, c'est-à-dire, de ce qui est diamétralement en opposition avec nos théories modernes.

Cette exception s'applique à mon très-regrettable et honorable ami feu Delile De Sales, qui, s'étant laissé entraîner dans sa jeunesse à brûler sur l'autel du philosophisme un encens vertueux, marcha dans cette voie de perdition avec tant de candeur et de véritable philantropie que, sans avoir rien à rétracter des inspirations de son génie, qui s'était élevé à un si haut degré dans son *Histoire du Monde primitif*, il put, comme l'abbé Raynal, comme La Harpe, comme Marmontel, etc., répudier une révolution enfantée par la secte dont il avait ambitionné et obtenu plutôt que mérité véritablement les suffrages.

On a oublié deux de ses ouvrages très-remarquables : je les rappelle ici, pour amortir, s'il est possible, la risible prévention de nos jeunes faiseurs de journaux, qui ont l'air de croire qu'on ne savait rien avant eux, que tout était perdu s'ils n'étaient arrivés tout à point pour régenter le monde, et que nous allons retomber dans la barbarie, si quelque âme charitable ne leur fournit pas tout de suite cent vingt mille francs, afin qu'ils puissent continuer de goguenarder aux dépens de tout ce qui, hommes ou choses, commande le plus de respect, d'égards ou de ménagemens, dans l'intérêt de la morale ou de la politique.

Ces deux ouvrages sont :

Mémoire EN FAVEUR DE DIEU, titre que je mets au niveau de celui de mon *Académie des Ignorans*, comme caractérisant avec une précision énergique l'époque de sa mise en lumière.

Essai sur le JOURNALISME, dont, avant de commencer leur travail, je conseille, dès aujourd'hui, la lecture à ceux qui seront chargés de rédiger le projet de loi qui devra remplacer, relativement à la presse périodique, celui que va discuter la chambre des pairs ; et auquel, d'après surtout la manière dont l'a gâté celle des députés, on ne saurait, sans dommage notable, accorder au-delà d'un an ou tout au plus de deux ans de durée.

(*f*) Page 7. Je ne lis jamais un journal sans que mon imagination se mette tout de suite en campagne pour chercher le moyen de le faire parler autrement qu'il ne le fait.

A cet égard, je ne saurais jamais exprimer jusqu'où pourrait me faire aller le regret que j'ai de ne trouver aucune exception à faire, pas même en faveur du seul journal qui m'aide le plus souvent à supporter les insupportables dégoûts que me causent tout ce qui se dit et tout ce qui se fait.

La Quotidienne de ce jour, 9 juillet (*), me fournit, en effet, la preuve la plus affligeante du désordre d'idées qu'entretient parmi nous le journalisme abandonné sans frein à la redoutable intempérance qu'il tient de sa nature diabolique, et qu'il porte en lui-même comme la fleur porte le fruit.

Cette feuille a, sans contredit, une couleur monarchique plus franche et plus d'esprit d'ensemble aujourd'hui qu'il y a peu de mois.

Des disparates inconcevables n'y font plus un effet toujours bizarre et dissonnant, mais souvent détestable.

On n'y voit plus percer le libéralisme, à travers le voile douteux d'un royalisme ayant le plus souvent l'air d'être tout-à-fait de commande.

On n'y entend plus parler des *exigences de l'époque*, des *nécessités d'un régime qui ne peut plus ressembler à celui du XV*e *siècle.*

On y professe rondement que rien n'est *nécessaire*, ni même seulement *admissible* en politique, *que ce qui est juste et bon.*

Mais il y manque ce qui n'a pas manqué, par exemple, aux *Mémoires de l'*ACADÉMIE *des* IGNORANS, où, dans quinze volumes, on ne saurait trouver, non pas seulement deux propositions qui, rapprochées, se démentiraient réciproquement; mais une seule phrase allant contre le but général de l'ouvrage, un seul article, un seul passage où l'Académie puisse être accusée et convaincue *flagranto delicto*, de s'être mise en communauté de pensée, de désirs, de paroles et d'action avec des libéraux de n'importe quelle nuance.

Il y manque ce qui a manqué au *Conservateur*, recueil périodique quelquefois admirable, qui d'abord fit un bien immense, mais qui a fini par faire un mal profond, dont nous subissons en ce moment et subirons long-temps encore les effroyables conséquences; et qui, par le mélange des doctrines qui purent s'y produire, a commencé cet abâtardissement de l'esprit monarchique qu'a achevé d'opérer l'infernal *Journal des Débats*, descendu d'infamie en infamie à un tel point

---

(*) On doit s'apercevoir, par les dates que j'entrelarde dans ces notes, que mon imprimeur et moi nous travaillons à la fois à la brochure que je me prépare à lancer dans le monde lisant, et que je ferais un volume, si on n'avait pas mis un assez grand nombre d'ouvriers sur mon ouvrage, pour que je sois arrêté enfin par la demande qui m'est faite en ce moment, de la copie qui le clôturera.

de dégradation, qu'on a peine aujourd'hui à discerner ce qui y domine le plus, de la malice et de l'extravagance, ses articles semblant le plus souvent, ceux surtout qui concernent le Portugal, écrits dans les casemates de Charenton.

Il y manque, en un mot, comme à tous les autres journaux, grands ou petits, en cahiers ou en feuilles, un censeur intérieur exerçant, sans partage et sans appel, pendant vingt-quatre heures, la haute-police de la rédaction, et rejetant, jusqu'à nouvel examen et sauf corrections y ayant lieu, tout ce qui lui semblerait contraire à l'unité de vues et de principes qui, quel que puisse être l'intérêt du moment, doit caractériser la direction invariable d'un journal qui ne pourra se prétendre un journal bien fait, s'il s'expose une seule fois à se voir opposé à lui-même.

Il y a peut-être peu d'inconvéniens, que dis-je! c'est une nécessité honteuse, mais inévitable, pour les journaux jacobins, d'aller chaque jour, suivant le vent, comme ils le font, sans méthode et sans autre guide que la passion qui leur sert de génie; dans un temps tel que le nôtre, où une faction, qui cessera d'exister le jour où on cessera de la ménager, enveloppant l'Europe entière dans son vaste filet, pense avoir tout gagné et croit avoir atteint son but, lorsqu'elle parvient à produire des agitations, des commotions, des inquiétudes, des appétences maladives quelconques, pourvu que du trouble en résulte; il lui convient, en effet, d'agiter sans cesse une matière qu'elle a besoin de tenir en ébullition continue, ce qui malheureusement lui est infiniment facile, cette matière étant toute en fermentation depuis quarante ans et plus.

Mais, pour les journaux royalistes, pour la *Quotidienne* surtout, c'est autre chose. Comme ils parlent à la raison et non pas aux passions, ils ont besoin, pour accréditer leurs paroles, d'éviter de tomber dans la moindre contradiction, et de faire le moindre alliage des doctrines ou des intérêts dont ils se sont constitués les défenseurs, avec les intérêts ou les doctrines de la secte qu'ils ont à combattre sans cesse.

Or, à cet égard, *la Quotidienne* est sortie de sa ligne, aujourd'hui 9 juillet.

Une fièvre d'économie s'est emparée des bancs du côté gauche de notre Chambre des Députés : depuis quelques jours, on voit les parleurs du parti, disputant entre eux avec la pétulance qu'aurait une troupe d'enfans, à qui arrachera le plus fort lopin du budget de chaque ministère, effeuiller au hasard l'arbre des abus, sans raison comme sans résultat réel, au lieu de l'extirper dans sa racine, ce qui est plus facile qu'on ne croit, mais ne peut être l'œuvre de la tribune d'où il ne peut sortir en ce genre, que du bruit, du scandale et des lésineries indignes d'une grande nation.

Dans les déclamations qui ont eu lieu à ce sujet, on a sonné le tocsin contre le cumul des emplois, ce qui ne serait qu'un abus relatif, à moins qu'il ne s'agît de véritables sinécures; puisque l'État n'aurait rien à gagner, ne s'agissant que d'une plus sage et plus équitable distribution de places nécessaires dont les émolumens ne seraient pas susceptibles de réduction.

Et voilà que, tout-à-coup, la *Quotidienne* fait chorus avec le côté gauche et se met à crier haro sur les *cumulards*.

Ici, on le sent tout de suite, elle a cédé à ce fâcheux attrait qui s'attache au genre anecdotique; elle n'a vu qu'une occasion, rarement repoussée par un journaliste, de payer son tribut à cette curiosité maligne qu'aiguillonnent sans cesse tant d'autres journaux qui n'ont d'autre mission que de lui donner de la pâture aux dépens du repos des familles; elle n'a considéré que ce qu'auraient de piquant des personnalités qui mettraient matériellement l'administration en compromis, en la montrant prodigue envers ses favoris, au-delà de toute mesure, de ses graces et de ses faveurs; et l'article a été accueilli comme d'un bon effet, et n'étant d'aucune importance dans les débats politique du jour.

Malheureusement pour elle, la Quotidienne ne pouvait pas plus mal choisir pour appuyer par des faits les clameurs du côté gauche contre le cumul.

Elle nous donne une liste de onze savans qu'il serait difficile de remplacer dans les attributions des diverses fonctions qu'ils exercent; et elle propose de rogner la moitié du traitement dont ils jouissent entre eux tous, c'est-à-dire, 130,000 fr. Ce qui, comme on le voit, est hors de la question et va plus loin que le libéralisme lui même, puisque ce n'est pas là proposer de faire cesser le cumul, mais le maintenir, au contraire, avec cette condition ridiculement injuste, sordide, humiliante et destructive de toute émulation louable, *qu'à mesure qu'un homme de génie pourra se multiplier pour que la société tire de la variété de ses talens tout l'avantage possible, il n'en résultera pour lui que l'honneur d'un double ou d'un triple travail, qui demeurera stérile pour sa fortune, les émolumens des places qu'il accep-*

tera, et de celles même qu'il occupait déjà, devant être réduits à moitié dès qu'il y sera appelé.

L'absurdité d'une proposition si extraordinaire saute aux yeux lorsqu'on entre dans l'examen des traitemens dont la *Quotidienne* reproche le cumul aux onze savans qu'elle a mis en scène dans son article.

Tous appartiennent, au moins, à une de nos académies (non pas celle des *Ignorans*, QUI NE RAPPORTE RIEN ENCORE, mais à celles dont se compose l'Institut); à ce titre, ils reçoivent des jetons de présence qu'on évalue à 1,500 ou 1,800 francs, plus ou moins.

Cette rétribution est-elle donc susceptible de réduction; et n'est-ce pas se moquer du monde, que de venir disputer à des personnages académiques, un si honorable prix de leurs veilles, et de compter comme cumul la place de conseiller-d'état ou celle de directeur de la manufacture des Gobelins accolée au titre de membre de l'Académie des Sciences ou de secrétaire perpétuel de cette Académie?

On voudrait donc que nul ne pût devenir membre d'un corps savant, dès qu'il se trouverait investi d'un emploi public; ou qu'un académicien de l'une des quatre classes de l'Institut ne pût être appelé par le Roi à consacrer ses lumières et ses talens au service de la chose publique!

Enoncer de tels résultats, c'est avoir fait justice de cette facétie libérale qui n'a pu se glisser que par contrebande, dans un journal comme la *Quotidienne*, à laquelle je dénonce cette manœuvre pour qu'elle se tienne mieux sur ses gardes à l'avenir.

J'achève de caractériser son article par un seul trait.

Un des savans dont je prends la défense cumule les fonctions de professeur au jardin des Plantes et celle de directeur de la manufacture des Gobelins; il est en outre membre de l'Académie des Sciences; et pour tout cela, on lui reproche 11,500 francs d'honoraires, qu'on voudrait voir réduits à 5,750 francs!... Je ne suis fâché que d'une chose, c'est que ce soit la *Quotidienne* que j'aie à châtier de ce méfait si illibéralement libéral: je ne dis pas tout ce que j'aurais dit à ce sujet à tout autre qu'elle.

Ce n'est pas la première fois que mon faible pour elle a été mis à une semblable épreuve. J'ai long-temps été le désapprobateur déclaré de son opposition contre l'ancien ministère qui, peut-être n'a fini par la mériter que parce qu'il n'a pas su faire ce qu'il fallait, pour la désarmer, ou pour ne lui laisser que le caractère d'une taquinerie injuste et maladroite.

En thèse générale, c'est une chose sérieuse que prendre le parti de se déclarer en hostilité directe et permanente contre un gouvernement!

Rarement cela peut-il trouver une excuse admissible.

Mes principes à moi sont, que le *gouvernementisme* est le devoir de tout homme de bien, et s'il m'est possible de concevoir à cet égard quelques cas d'exception, je ne les admettrais qu'après un examen des plus sévères, et même ne me sentirais-je pas alors la conscience tout-à-fait nette.

Voici à ce sujet une maxime que les jésuites nous ont apportée de la Chine :

« Quand la maison est dans l'indigence, on reconnaît le fils obéissant. Quand le royaume est troublé, on reconnaît le sujet fidèle. »

Je ne sais si je me trompe ; mais cette morale, qui semble faire aux royalistes un devoir de ne pas contrarier l'autorité du Roi dans les mains de ses délégataires tandis que ceux-ci sont en butte aux résistances, ou même, ce qui peut être pire, aux complaisances de ses ennemis, me semble préférable à celle sur laquelle les journaux monarchiques fondaient leur opposition à l'ancien ministère.

Je ne dis rien encore de celle qui s'attaque au ministère actuel, parce que je n'y ai pas assez réfléchi, et que j'écris ces notes à course de plume. Une question aussi grave se présente sous tant de faces, qu'on s'exposerait à la mal résoudre, si on négligeait d'en examiner une seule.

Je dirai seulement ceci : je fréquente, comme auparavant, les salons de nos ministres, quoiqu'ils ne me traitent pas avec autant de faveur que les ministres de Buonaparte ; et j'éprouve je ne sais quel sentiment pénible de n'y rencontrer presque plus personne à qui parler. Les nouvelles figures que j'y vois me donnent à rêver et leur physionomie riante m'inquiète, parce que les discours qui frappent mon oreille me décèlent la cause de cette hilarité, et semblent me reporter à trente ans en-deça de l'époque où nous sommes.

C'est l'*anti-jésuitisme* qui nous vaut tout cela !

J'ai dit dans mon *Appel au bon sens* ce que je pense de l'*anti-jésuitisme*.

Sans m'embarrasser de tout ce qu'on dit pour ou contre les jésuites, il m'a suffi de voir d'où se sont élevées les premières clameurs contre eux, pour savoir de quel bord je devais me ranger. C'est pour moi une règle certaine et confirmée par mon expérience : tout ce qui plaît à la révolution est nécessairement contraire au bien de mon pays ;

tout ce qui lui déplaît, par la raison contraire, doit m'avoir pour ami.

Je ne m'ingère pas à juger les deux ordonnances qui ont excité des rumeurs qui méritent, je crois, que l'on y songe, et qui me font douter que le dénouement de tout ceci soit tel que paraissent en être sûrs ceux qui l'ont provoqué; mais, quoiqu'il en puisse être, à côté de la sentence chinoise que je viens de transcrire, je trouve les préceptes de sagesse qui suivent empruntés par les jésuites à cette même nation : je les transporte dans cette note, qu'ils clôtureront, comme applicables à la situation des RR. PP. et comme pouvant aussi donner à rêver à leurs ennemis et consoler leurs amis, en montrant à ceux-ci quelque espérance dans un avenir plus ou moins lointain; car un temps doit venir nécessairement où il ne se trouvera plus personne qui puisse nier que, repousser comme instituteurs de la jeunesse des hommes qui s'annoncent par de telles doctrines, c'est faire abnégation de toute sagesse, de toute justice et de toute raison. Voici donc ces préceptes venus de la Chine : ils me semblent, à moi, plus précieux que les laques qui nous arrivent de ce pays-là, et que nos curieux paient au poids de l'or.

« Voulez-vous être au rang de ces grandes âmes qui se mettent au-« dessus de toutes les disgrâces de la vie? Commencez par supporter « de légères injustices. Voulez vous perfectionner vos talens, votre « vertu? Souffrez patiemment une mauvaise fortune. Voulez-vous « encore éviter tout sujet de repentir et d'affliction? Remplissez votre « esprit d'utiles connaissances, votre cœur de bonnes pensées; ne dites « que du bien; ne faites que du bien; ne fréquentez que des gens « de bien. » (*Lettres édifiantes*, tome XXVI.)

(g) Page 7. Je soupçonne que cette lettre leur aura paru assez importante pour que LL. EE. aient donné l'ordre de les déposer avec ma brochure à leurs bureaux des renseignemens, afin d'y recourir dans un an ou deux, et que le chef ou le sous-chef qui a reçu cet ordre, qui lui a paru l'unique objet du renvoi à lui fait, ne se sera pas occupé d'examiner s'il était ou non à propos que Monseigneur me laissât faire la guerre à mes dépens.

En toute chose, je cherche toujours, par choix, le côté le plus favorable. Si j'ai deviné juste, me voilà déjà consolé. J'aurai perdu quelques écus de plus; mais ma lettre, où se trouve énoncé mon principe fondamental sur la presse périodique, ne sera pas perdue.

(*h*) Page 8. D'autres que moi, sans doute, ont déjà fait d'eux-mêmes la remarque que je vais consigner ici.

Lorsque je me déterminai à recommencer mes escarmouches contre la révolution qu'une série de fautes inconcevables avaient remise sur pied, les paillasses, qui chaque jour font leurs pauvres parades (un autre dirait leurs mauvaises farces) dans les petits journaux, se mirent à me décocher ou leurs coups de lancette, ou leurs bordées, ou les infections qui remplissent leur boîte, etc., etc.

Ce fut à qui d'entre eux s'égaierait le mieux, à propos de *mon ignorance*, à propos de *mon éperon d'or*, etc.

Je ripostai : ils s'étonnèrent, ils semblèrent se demander quel était cet audacieux qui osait résister à gens de leur espèce. Enfin, y ayant regardé de plus près, ils devinrent moins confians dans la force de leur position et changèrent de batteries.

Ce fut à mes ouvrages qu'ils s'attaquèrent et plus à ma personne.

Mais comme ce fut avec cette bonne foi et cette supériorité de goût qu'on leur connaît qu'ils jouèrent ce nouveau rôle, mes amis eurent à me féliciter d'avoir sur le dos des critiques de cette vigueur là, et ils ne manquèrent pas de le faire.

Ma précédente brochure a paru : je l'ai envoyée à tous ces diseurs de riens qui ne manquent jamais d'arracher, à qui jette les yeux sur leurs feuilles, cette exclamation que répète en chorus l'assistance : Ah ! que c'est mauvais ! ah ! que c'est pitoyable (*) ! et qui pourtant vous poursuivent dans tout les lieux publics ; je l'ai envoyée même aux grands journaux, notamment à celui dont la juste indignation et le mépris de tous les gens de bien paie largement les infamies, le Journal des Débats, qui, toujours ouvert au mensonge, vous parle d'honneur, de conscience, de légitimité, et cependant dispute aux Portugais fidèles aux lois fondamentales de leur antique monarchie, le droit de s'y réfugier contre l'esprit révolutionnaire que, de gré ou de force, séduit ou s'égarant lui-même, un prince, également à

(*) Qui que vous soyez, mes chers lecteurs, soyez vrais : fussiez-vous libéraux ultrassimes, convenez avec moi qu'il ne se passe pas de jour sans que cette exclamation vous échappe à chaque fois que tombe sous vos yeux un de ces guêpiers qu'on appelle les petits journaux. Vous ne pouvez pas le nier, cette note est une scène de mœurs où la nature est prise sur le fait.

plaindre s'il n'est que l'instrument forcé d'une politique étrangère, ou s'il agit en souverain libre de ses actions, s'est avisé de vouloir leur inoculer.

Vingt jours et au-delà se sont écoulés depuis que mon manifeste contre LE JOURNALISME est parvenu officiellement aux hautes-puissances que j'appelle au combat; et pas une ligne n'a signalé l'apparition de ce nouveau Don Quichotte qui, cette fois, ne prend pas des moulins à vent pour des géans protégés par des enchanteurs, ou un troupeau de moutons pour une armée rangée en bataille; mais ne se trompe pas sur le genre d'ennemis auxquels il a à faire, et les traite en homme qui les a autrefois comparés à des scorpions, dont le venin n'a plus d'effet lorsqu'on les écrase sur la plaie qu'a faite leur morsure.

Niera-t-on que voilà un succès qui mérite d'être remarqué? me dira-t-on que je ne suis pas au bout? que, sans doute ils se préparent à me dire mon fait, et que je me hâte trop de pousser un cri de victoire? Je le nie. Aujourd'hui ils viendraient trop tard. Leur couardise est constatée. Tout ce qu'ils pourraient dire et faire maintenant serait sans importance, et je pourrais le dédaigner sans reperdre une ligne du terrain que je me trouve avoir gagné sur eux.

(*i*) Page 9. C'est ce que j'exprimai à S. A. R. Monseigneur le Comte d'Artois, il y a juste aujourd'hui 10 juillet, douze ans deux mois et cinq jours, dans l'audience particulière que cet excellent prince daigna m'accorder, (Voir mes *Mém. hist.*, tome 4, page 297).

Confus de l'extrême bonté avec laquelle le frère du Roi daignait prodiguer à ma conduite pendant la révolution, des éloges trop au-dessus de mes mérites, je lui dis que je n'avais fait que remplir un devoir dont j'avais déjà trouvé la récompense dans mon propre cœur.

« Cela est vrai, me répondit Son Altesse Royale, vous avez fait » votre devoir. Mais les princes doivent aussi faire le leur, et c'est à » ce titre que, toutes les fois que je pourrai vous être utile, je le ferai » avec plaisir. »

Que ne réparent pas de telles paroles! de quelles souffrances passées n'effaceraient-elles pas le souvenir? à quelles souffrances futures ne sont-elles pas capables de résigner un cœur fidèle?

J'en puis parler COMME UN AUTRE ROBERT (*experto crede Roberto*). Si l'on m'a vu, dans ma préface, gronder la restauration du mal qu'elle m'a fait, du ton d'un amant qui ne peut haïr la maîtresse qui l'a trahi, c'est sans doute un effet du souvenir ineffaçable que je conserverai jusqu'au tombeau de cette scène qui, m'imposant une patience qu'on m'a vu refuser à la république ou à l'usurpation, que je ne manquai jamais de châtier en pareil cas avec ma vigueur naturelle sans me donner le temps d'y réfléchir ni à elles celui de me répliquer, m'a seule fait supporter ce que j'ai éprouvé de la part de ceux qui semblent avoir pris à tâche de donner un démenti matériel aux bontés du meilleur des princes, au jourd'hui notre Roi Bien-Aimé.

On m'a expulsé d'un ministère où j'avais été appelé sans l'avoir demandé, et où j'avais rendu des services du plus haut intérêt.

On ne m'a accordé ni traitement de réforme, ni pension de retraite, après vingt-quatre ans et plus de services non ordinaires.

On a intrigué de mille manières pour miner la position de faveur que je semblais avoir acquise en 1816, à la cour du feu Roi.

On est parvenu à arracher à ce prince une nomination que S. M. avait daigné me réserver, et de laquelle j'avais reçu de sa propre bouche une promesse solennelle.

On a ajouté à cela l'indignité, d'abord, de répandre clandestinement, à la manière de Basile, et ensuite de publier, avec l'effronterie d'un feuilleton, une calomnie inventée contre moi dans une boutique du Palais-Royal, et qui, tout absurde qu'elle est, a trouvé de l'accès jusqu'autour du trône où se trouvent, tout comme ailleurs, de ces esprits obtus ou paresseux qui ne se détachent jamais d'une première impression reçue, tout examen, quelque facile qu'il puisse être, leur paraissant un trop pénible effort.

Créancier du Roi, d'une somme assez considérable sur laquelle seule reposait le présent et l'avenir de ma famille, on ne m'a payé, au ministère de S. M., que par les plus pitoyables chicanes sur de prétendues éclipses de ma fidélité.

Quelques instances que j'aie pu faire, quelques preuves que j'aie données du tort immense que me causait et du péril que me faisait courir le retard de mon paiement, je n'ai pu obtenir ni à-comptes sur ma créance, ni secours imputables, ni secours provisoires, ni pension, ni aucune autre espèce de dédommagement d'une privation aussi ruineuse.

Un instant je trouvai accès auprès d'un ministre homme de bien, qui, témoin oculaire depuis plus de trente ans, de mon dévouement soumis sous ses yeux, en quelque sorte, aux plus rudes épreuves, me fit participer aux encouragemens accordés au nom de l'état, aux lettres et aux arts.

Son successeur détruisit en partie l'ouvrage de cet honnête homme.

Depuis lors, deux fois j'ai réclamé auprès d'une administration nouvelle pour être rétabli dans ma première position, et deux fois ma famille a eu à gémir d'un refus dont la conséquence la plus douloureuse pour moi est de réveiller chez tous ceux qui m'entourent, des regrets qui quelquefois vont jusqu'à m'accuser d'avoir sacrifié mes devoirs d'époux et de père à des passions politiques auxquelles, comme tant d'autres, qui ont eu moins de moyens d'y réussir, j'aurais dû imposer silence dans l'intérêt de ma fortune.

Enfin les plaintes de plusieurs autres créanciers, qui, comme moi, après quatorze ans de règne, attendent encore, de la part des Bourbons, un paiement trop long-temps retardé, sont montées jusqu'à l'oreille du Roi.

Convaincue que la dignité de sa couronne, autant que le devoir de la reconnaissance, dont les rois ne sont pas plus dispensés que les autres humains, exigeaient la fin d'un si grand scandale, S. M. a ordonné de le faire cesser.

Quatre mois se sont écoulés depuis que cette volonté auguste a dit au ministère quel était son devoir.

Mais rien n'annonce encore que ce devoir, on songe à le remplir.

Les nécessités de l'Etat sont opposées au vœu légitime de quelques créanciers qui ne peuvent plus supporter une privation qui dure depuis plus de trente ans ; c'est-à-dire qu'au mépris du principe de l'égale répartition des charges publiques, c'est sur moi, c'est sur ceux qui, comme moi, ont toute leur fortune dans les mains du Gouvernement, que doivent peser ces charges publiques, de manière à absorber tout ce que nous possédons, et à nous livrer à la juste rigueur des lois contre les débiteurs, pour les dettes que nous pouvons avoir été forcés de contracter, tandis que nous n'avons aucun moyen de contraindre le nôtre à subir l'application de ces mêmes lois, auxquelles lui-même, précisément pour l'honneur de sa toute-puissance, et pour donner un bon exemple, devrait être le premier à se soumettre de son pur mouvement.

Que de motifs pour moi de bouder contre la restauration, qui m'a fait cent fois plus de mal que la révolution, ce qui est monstrueux, car celle-ci savait fort bien qu'elle frappait son plus mortel ennemi, tandis que c'est à l'un de ses amis les plus ardens que l'autre adresse ses rigueurs ! Mais rien de tout cela ne saurait attiédir un dévouement qui s'est tellement identifié avec mon être, qu'il me semble ne différer en rien de ce qui constitue mon tempérament physique ou mon caractère moral. Voilà ce qui explique pourquoi ce dévouement sut toujours se contenter, pour toute nourriture, de ma propre approbation, de ma seule satisfaction personnelle, même avant que le Roi chevalier, avant que S. M. Charles X l'eût, comme comte d'Artois, récompensé et retrempé, le 5 mai 1816, comme on l'a vu dans cette note.

(*j*) Page 12. La Morale de cette fable servira de liaison entre ma présente brochure et celle qui la suivra, s'il y a lieu. Qu'on ne se hâte pas, en lisant les notes qui suivront celle-ci, de croire que je prêche ce que je ne pratique pas.

(*k*) page 14. *Experto crede roberto.*

Que me voulaient, daignez me le dire, ces petits roquets hargneux qui se tairont dorénavant, mais qui, naguère, s'étaient avisés de japper après moi, ayant l'air de me dire une grosse injure, en me qualifiant à tout propos, d'après moi-même, *secrétaire perpétuel de* L'ACADÉMIE *des ignorans*, (académie qui, certes, ne voudrait de pas un d'entre eux seulement, pour garçon de salle), et *chevalier de l'éperon d'or*, ce qui, si affront y a, n'en est un que pour le gouvernement français qui, depuis 14 ans, a prodigué ses décorations à toutes les médiocrités possibles et n'a pas daigné me comprendre dans ses distributions.

Si j'avais voulu de ces décorations sous les gouvernemens précédens, qui me niera que la restauration m'aurait trouvé couvert de plaques? C'est donc à elle et non à moi à rougir de ce que je n'ai reçu de récompense de tout ce que j'ai fait pour la favoriser, que de la part d'un souverain étranger.

Et qu'on ne pense pas que ce ne soit pas à titre de récompense que j'ai reçu la croix que le Saint Père a daigné m'envoyer.

Dans mes essais sur l'état de la France, au 1er mai 1796. (Ouvrage que la restauration et les restaurés devaient juger comme l'avaient jugé Richer Sérisi et tous les autres écrivains de l'époque (et non pas comme ont voulu l'entendre DES SOTS QUI NE SAVENT PAS LIRE), à la suite des horreurs d'une révolution impie non encore rassasié de crimes, encore altérée de sang Bourbon, j'ai osé prendre la défense de la religion de nos pères et redemander le rétablissement de nos autels.

Le pape a eu égard à cet acte de courage, et ce qui ajoute du prix à la récompense dont il l'a trouvé digne, c'est le bref dont Sa Sainteté l'a accompagné et dans lequel je suis comparé à la colombe sortie de l'arche pour constater la retraite des eaux du déluge.

Rient maintenant tout à leur aise, nos petits pantins littéraires, de mon titre de *chevalier de l'éperon d'or!* Qui ne dira que je dois m'en tenir honoré autant que de tout autre, quel qu'il puisse être?

C'est au Gouvernement français, qui peut se convaincre que, dans le même ouvrage si bien accueilli au Vatican, j'ai le premier proclamé Louis XVI le saint martyr de nos folies, et préparé le retour de ses héritiers, à voir qui de lui ou de moi doit demander ou offrir à l'autre l'étoile d'honneur; et si, d'après tout ce qui s'est passé depuis quatorze ans, plutôt que de faire un pas pour l'obtenir, je ne devrais pas désirer de mourir avec ma seule décoration papale, afin qu'il soit bien constaté, lorsque seront tout-à-fait oubliés ceux qui m'ont été et pourront encore m'être préférés, que j'ai eu la sagesse de vouloir, comme Montaigne, mériter qu'on *accusât* MA CESSATION *dans un temps où chacun* ÉTAIT CONVAINCU DE TROP FAIRE, et que j'ai fui les distinctions civiles presque autant que les distinctions littéraires, m'étant toujours excusé de m'affilier aux cotteries académiques, ou de m'asseoir aux bureaux d'esprit qui m'ont fait l'honneur de m'offrir et quelquefois même de m'envoyer leurs diplômes.

Chacun ses mœurs : voilà les miennes.

Jusqu'à ce que je sois parvenu à mettre sur un bon pied mon *Académie des Ignorans*, je me sens incapable de toute autre ambition. Il faudrait peu de chose pour cela. Que cinq ou six noms, que je ne veux pas dire ici, viennent achever de compléter la liste de nos membres; ce sera une affaire faite. Un peu de patience! Dieu aidant, j'en viendrai à bout; et pas plus qu'aujourd'hui ne sera pas alors qui voudra l'être au nombre de nos Ignorans.

(*l*) page 14. L'âge où je suis n'est pas celui des prétentions. C'est un fardeau de moins qui compense celui des années. Mais il offre un autre avantage : il permet de parler de soi comme on serait justement puni de le faire pouvant être encore supposé avoir une ambition quelconque.

Je n'en ai plus aujourd'hui d'aucune espèce. Le gouvernement m'appellerait à une place, que je ne l'accepterais pas : fut-ce même celle que le feu Roi m'avait promise, et à laquelle, j'ose le dire, je convenais au moins autant qu'aucun de ceux (il y a ici modestie de ma part) qui en ont été favorisés à mon préjudice; même celle, bien moins à ma portée peut-être mais bien plus convenable à mes affections politiques, que le vénérable duc de la Châtre avait demandée pour moi à M. le comte Pradel, par ordre exprès de S. M. dans le ministère de sa Maison.

L'irréparable perte que m'a imposée la restauration des 14 années les plus précieuses de ma vie qui se sont écoulées depuis son avènement, a changé tous les rapports qui pouvaient exister entre elle et moi, en 1814 et 1815.

La force dont je jouis encore, prouve bien que j'aurais pu la servir jusqu'ici, et que, par conséquent, elle est sans excuse de m'avoir dédaigné comme elle l'a fait : mais voilà que j'atteins ma 69e année ; dans un an, dans un mois, demain peut-être, cette force me quittera. Que la restauration me paie ce quelle me doit, mais qu'elle me le paie vîte, car je n'ai plus le temps d'attendre ; et je ne lui demande rien que de ne pas déranger ma position ailleurs, afin de ne pas me faire achever à rebours ce qui me reste à parcourir dans la carrière de la vie en rétrécissant mes moyens d'aisance à mesure que l'âge et les infirmités multiplieraient mes besoins.

C'en est assez, c'en est même déjà peut-être trop sur ce sujet ; rentrons dans le sens direct de ma note.

Je voulais y parler de moi : j'en ai prévenu mes lecteurs. Mais c'était sous un autre rapport : oublions celui qui précède.

Je prie qu'on me permette d'expliquer, par un seul fait, avec un développement suffisant, ce que j'entends par *personnelle injure.*

Parmi les 37 volumes de mes OEuvres que je vois alignés sur un des rayons de ma bibliothéque, je m'arrête uniquement aux deux volumes de mes *OEuvres dramatiques* (*).

Que de gens, toujours dupes des mots, et ne voyant jamais le fond des choses, comme ceux qui trouvent mal sonnant à l'oreille le titre de mon *Académie des ignorans*, que de gens, dis-je, qui, à la lecture de ce titre : *OEuvres dramatiques de*, etc., *ou recueil de pièces* **REFUSÉES** *aux divers théâtres de Paris*, rejetteraient le

(*) Un des bourdons de nos petits journaux s'est avisé, tout en m'en, faisant d'ironiques excuses, de me demander qui j'étais, confessant ingénuement n'avoir jamais entendu parler de moi.

Et de telles gens se prétendent littérateurs ! et, s'ils parlent ainsi contre leur conscience, ils sont assez sots pour ne pas sentir que leur épigramme ne peut aller à son adresse, ne faisant autre chose que constater, aux yeux de qui n'y entend pas malice, leur inexcusable ignorance. !

livre avec dédain, plaignant les examinateurs qui furent condamnés à lire tout ce qu'il renferme !

Mais, si vous lisez l'histoire de chaque refus, si vous apprenez, par les préfaces ou par les autres accessoires, que l'auteur n'a pas fait un seul pas pour procurer des protecteurs à ses ouvrages ; qu'il s'est borné à les porter, sans se nommer, aux secrétariats des divers théâtres, à aller une fois ou deux en demander le sort, et à les retirer sans mot dire lorsqu'on lui annonçait le résultat négatif du rapport de l'examinateur ; vous concevrez qu'il peut très-bien se faire qu'on trouve, dans ce recueil malencontreux, la justification de ces quatre vers de ma fable :

. . . . Parmi les végétaux,
Plante qui peut grandir trouve mille rivaux
Qui, possédés du démon de l'envie,
Cherchent à lui fermer le chemin de la vie.

Dans mes mésaventures, un hasard *singulier*, que Montaigne appèlerait *artiste*, semble avoir voulu, à dessein, qu'à côté des refus qu'ont prononcé mes juges en première instance, s'établissent des pièces de comparaison qui permettraient un jour à des lecteurs sensés de pressentir pourquoi m'ont été fermées, successivement, les portes du théâtre Louvois, de la Comédie française et de l'Académie de musique.

Je laisse à part ma tragédie de LOUIS XVI, non écrite pour le théâtre, et pour laquelle, parmi quatre ou cinq autres imprimées sous le même titre, j'ai prétendu le premier rang jusqu'à l'apparition de celle d'un noble émigré auquel j'ai dû céder la palme, ce que je reconnais sans restriction mentale pourvu qu'on me permette d'aspirer à marcher son égal sous le rapport de la pureté de nos principes identiques, pourvu qu'on reconnaisse en moi un zèle égal au sien pour le soutien de la cause de Dieu et du Roi, pourvu qu'on m'accorde que le désintéressement absolu qui caractérisa sa fidélité inviolée et son dévouement à la race auguste qui nous gouverne, (quoique plus facile que le mien que ne confortent pas 200,000 fr. de rentes), n'a point surpassé celui qui m'a fait perdre huit fois ma fortune durant le cours de la révolution, sans jamais me décourager, et qui, lorsque la restauration avait déjà commencé ma ruine, quelle acheva bientôt de consommer d'une manière irréparable, me fit renoncer brusquement à la bourse que j'avais obtenu à Bourges, pour mon fils unique, à la seule lecture d'une de ses lettres qui me révéla ce que j'avais à redouter du genre d'éducation qu'il recevait dans ce collège (*), d'où il me revint heureusement assez à temps pour achever ses études sous mes yeux et par mes propres soins, en conservant les opinions politiques et la religion de son père, comme l'atteste, au Père Lachaise, l'urne qui surmonte sa tombe, où s'ensevelit il y a trois ans, avec mon orgueil paternel, l'espoir que j'avais de ne pas laisser après moi ses quatre sœurs sans protecteur.

Je mets encore de côté ma tragédie de **DIOMÉDON**, qui reçut de très-grands éloges, accompagnés d'une invitation au théâtre Français d'encourager son auteur, mais qui fut mise à l'écart *comme appartenant* AU GENRE ADMIRATIF, quoique j'aie de la peine à concevoir une action plus animée que celle qui résulte dans cette pièce du combat de la démagogie et du patriotisme fondé sur le respect des lois.

J'en fais de même de ma comédie le **MAUVAIS JOUEUR**, en vers et en trois actes, qui ne fut pas admise à la lecture, par la raison *qu'elle offrait le mélange du comique de Molière et de Régnard*, GENRES PASSÉS DE MODE (*).

Enfin, je ne m'arrête pas à ma tragédie lyrique, **HÉLÈNE**, dont

---

(*) Quelle garantie a dit le 7 juillet, à la tribune, M. Leclerc de Beaulieu, quelle garantie donnerez-vous aux pères, que les professeurs que vous voulez donner à leurs enfans, sans leur laisser la faculté de faire un autre choix, ne sont pas des francs-maçons ou des illuminés? Pour juger combien serait nécessaire une semblable garantie dans le système du monopole de l'université, et quelle est la conséquence d'une éducation bien ou mal dirigée, il ne faudrait que comparer la lettre de mon fils, écrite, en quelque sorte, sous la dictée du proviseur du collège de Bourges, et d'après laquelle, courrier par courrier, je le rappelai auprès de moi, avec celle qu'il écrivit à M. de Marchangy, dans une occasion solennelle. L'une et l'autre feront, ainsi que la réponse de M. de Marchangy, partie du dernier volume de mes Mémoires historiques, auxquels il manque un dénouement pour lequel je rassemble chaque jour de nouveaux matériaux, à l'aide desquels chacun s'y trouvera traité selon ses œuvres.

(*) Il y a 30 ans qu'un des portiers du théâtre Français s'exprimait ainsi. Il y avait donc déjà du romantisme dans sa tête, quoique le mot fut encore inconnu.

je n'ai pas connu le vice, cause de son rejet, ce que je regrette très-fort, attendu, qu'ayant bien antérieurement présenté à ce même théâtre une autre tragédie lyrique, AGAR AU DÉSERT (*), (laquelle y fut refusée parce qu'on la trouva *trop bien écrite, et par cette raison ne laissant pas assez de ressources au musicien*), j'aurais été curieux, pour mon instruction, d'avoir une donnée de plus pour étudier la poétique du sanhédrin de cette Académie chantante.

Je ne m'arrêterai qu'aux quatre poëmes dont les sujets ont été, après moi, traités par d'autres auteurs qui, plus heureux que je ne l'avais été, ont obtenu les honneurs de la scène. Ce sont mes tragédies d'ANNIBAL, de LA RÉGENCE DE BRUNEHAUT, d'ARTHUR *de Bretagne*, et mon opéra de SAPHO.

J'ai suivi assez de temps pour en juger sans me faire illusion, les représentations des pièces qui ont été préférées aux miennes..... L'âge où je suis, je vous l'ai dit, mon cher lecteur, en commençant ma note, l'âge où je suis n'est plus celui des prétentions : sans donc m'embarrasser de ce que vous pourrez en penser ou en dire, je ne m'amuse pas à déguiser ce que j'en ai pensé moi-même et je le dirai rondement.

Je ne donnerais pas une seule scène de mon ANNIBAL, celle particulièrement du conseil de guerre, pour le poëme entier que les Français ont, sous le même titre, adopté, à l'exclusion du mien.

Comparée à celle que l'Opéra a produite au jour, ma SAPHO a de quoi couvrir de confusion, aux yeux de tout homme usant de sa raison, le comité qui a reçu celle-là et repoussé la mienne.

(*) Cet ouvrage, je l'avais perdu, et j'en étais tout consolé, lorsque je le retrouvai sans le chercher, grâce au ministre de la Maison du Roi, M. de Lauriston, lequel, pour me disputer le droit de me vanter d'une fidélité immaculée, fit fureter tous ses cartons, y déterra ce poëme, accompagné d'une lettre où je me plaignais de son rejet à Buonaparte, et prétendit que j'avais, comme tant d'autres, encensé le grand homme, puisque je terminais ma lettre par des vœux pour la gloire de son gouvernement. Je n'oserais rappeler cette anecdote assez curieuse, si, déjà, je ne l'avais pas publiée dans mes *Mémoires historiques*, depuis plus de 3 ans, c'est-à-dire, du vivant du personnage principal.

Quant aux deux tragédies de M. Aignan, *Jean-Sans-Terre* et *Brunchaut*, je m'en rapporte à quiconque prendra la peine de les confronter avec les miennes, pour décider qui, de mon émule ou de moi, à su le mieux conserver la vérité historique, poser convenablement ses personnages, dessiner et soutenir leur caractère et exciter un intérêt croissant de scène en scène jusqu'au dénouement, sans blesser ni la vraisemblance, ni ces salutaires règles de l'art, que nos romantiques tiennent à honneur de fouler aux pieds (conséquence toute naturelle du désordre d'idées qui caractérise en tout notre siècle si éminemment lumineux, qu'il s'éblouit lui-même), mais qui survivront aux vains efforts d'une manie épidémique que, sous le masque de cette présomption qui n'est permise qu'au génie, nous voyons arriver jusqu'à se tromper elle-même sur sa malheureuse impuissance, comme sur la sauvagerie de ses enfantemens monstrueux.

On aurait tort de croire que j'entends conclure de tout cela en faveur de l'excellence de mes ouvrages. Je suis, tout au contraire, effrayé de la distance qui les sépare des chefs-d'œuvres de nos grands maîtres ; mais quand je considère ce dont se sont grossis et peut-être appauvris, depuis trente-trois ans que je suis fixé à Paris, les répertoires des théâtres où j'ai essayé de me produire, je me permets de croire que si je n'ai pu y parvenir, c'est moins pour ne pas avoir su m'y prendre comme il le fallait, que pour n'avoir pas paru assez médiocre à des examinateurs qui, déjà en possession de la scène, ont pu craindre, en me laissant passer, *de semer une plante capable de grandir* et de disputer par la suite le terrain aux premiers occupans.

Quoiqu'il en puisse être, et s'il est vrai que mes pièces valaient au moins celles qu'on a reçues depuis trente ans, ce que je ne prétends pas dire, mais ce qu'ont dit déjà et diront encore peut-être bien des gens avec lesquels on me pardonnera sans doute de n'en pas disputer, je ferai remarquer ce que c'est que la destinée, et combien est imperceptible et léger le fil qui entraîne chacun de nous, quels que soient ses penchans, dans une direction plutôt que dans une autre.

Au milieu des travaux les plus antipathiques avec la poésie, et seulement dans les courts momens de loisir que me laissait l'emploi de mes seuls talens véritables, la haute finance, le commerce, la banque, l'administration, la comptabilité, j'ai rassemblé dans mon portefeuille vingt pièces de théâtre, dont neuf seulement ont été imprimées (car il faut que je compte, quoique n'étant pas contenue, dans mon recueil en deux vol., ma tragédie de COLLOT D'HERBOIS DANS LYON, dont l'édition faite à Marseille, à 10,000 exemplaires, est épuisée depuis plus de trente ans.

Or, supposez qu'on eût reçu en novembre 1796, mon DIOMÉDON, *ou* LE POUVOIR DES LOIS, qui est le premier ouvrage que j'ai essayé de produire à la scène ; supposez encore que le succès littéraire de cet ouvrage, composé en neuf jours, ayant hâte de le lancer au milieu de la discussion sur la fameuse loi du 3 brumaire, eut assuré l'effet politique que j'espérais le voir produire ; successivement le reste de mon portefeuille se serait écoulé, et dès-lors, entraîné peut-être par l'enivrement de mon amour-propre à ne pas courir d'autre carrière que celle du théâtre, dans l'intervalle d'une première représentation à une autre j'aurais composé, pour le moins, cinq ou six autres pièces, et, aujourd'hui, quarante volumes suffiraient à peine pour réunir la collection de mes OEuvres dramatiques, au nombre de plus de deux cents.

Tout bien pesé, maintenant que je vois la chose de sang-froid, je n'ai nul regret du passé. Ce que j'ai fait, je le ferais encore, si j'avais à revivre ; et je me trouve assez chargé du bagage avec lequel je me présenterai à la postérité, pour ne pas mettre un prix plus grand encore au repos qui m'attend lorsque j'aurai achevé de régler mes comptes avec la restauration, repos qui ne serait peut-être pas aussi complet si j'avais plus de renommée.

Que la restauration se hâte de me payer ce qu'elle me doit, car, comme je le lui ai déjà dit, je n'ai plus le temps d'attendre, voilà à quoi se bornent désormais mes désirs.

En attendant, mes chers lecteurs, je prends la liberté de vous rappeler mes notes (*b*) et (*c*), de ma précédente brochure, prêt à émarger sur la liste de mes envois, du signe de ma reconnaissance, les noms de ceux qui voudront contribuer à mes frais d'impression, ou tout résigné d'avance, si tel est le bon plaisir des autres, à continuer à mes dépens, jusqu'à épuisement de forces, ma guerre au journalisme et à toutes les folies qu'il engendre et nourrit ou préconise et encourage.

FIN DES NOTES.

TABLE.

FIN DE LA TABLE.

www.ingramcontent.com/pod-product-compliance
Ingram Content Group UK Ltd.
Pitfield, Milton Keynes, MK11 3LW, UK
UKHW020412220726
13923UKWH00004B/1891

9 782019 257262